Für die sehr meisterhafte Nichte Selma

So fängt es auch an:
die Gedanken kommen und die Gedanken gehen. Das ist so im Kopf. Und welcher Kopf rollt schon gerne her und hin und her auf den Schultern. Das tut kein Kopf freiwillig, und kein Kopf tut das gerne. Um genau zu sein, rollen Köpfe auf Schultern niemals, und das ist Sache des Halses.

– Fernsein heißt Fremdsein, heißt Wogehtslang, heißt Angstundbang, singt Nai.

Und ein Junge ist Nai nicht, und ein Mädchen ist Nai nicht, und das tut auch nichts zur Sache. Wer solch traurige Lieder singt, egal ob Mädchen oder Junge, der sollte sich nicht wundern. Bei solch traurigen Liedern bleibt der Mut ganz und gar verschwunden und es muss die List retten, was listig in diesem Moment noch zu retten ist.

– Fernsein heißt Gernsein, heißt Hiergehtslang, heißt Sturmunddrang, singt Nai listig, des Mutes wegen, und auch gegen die Angst, und auch gegen das Bangen. Das funktioniert nicht immer, doch oft funktioniert es fast.

– Wenn alles ist, wie es ist, und nichts auch ist, wie es ist, denkt Nai, dann versteh ich die Welt nicht mehr.

Solcherlei Dinge denkt Nai manchmal sehr gern, und sehr kurz nur zwischendurch.

– Die Gedanken kommen und die Gedanken gehen, das ist so im Kopf, denkt Nai, hierzu habe ich keine Frage.

Weil Nai ein Auge gut brauchen kann, hat Nai zwei Augen. Eine einzige Nase hingegen ist vollkommen ausreichend. Das hat sich nach reiflicher Überlegung und wiederholter Anwendung und während vieler Jahrhunderte herausgestellt. Auch hat sich während vieler Jahrhunderte herausgestellt, dass Nai auf zwei Beinen und im aufrechten Gang sehr gut vorankommt.

– Wenn ich es nun derzeit bedenke, denkt Nai, so wäre ein sehr meisterhaftes Abenteuer genau jetzt eine willkommene Abwechslung und eine Freude und ein Aufruhr.

Soweit ist es so gut, und stets nimmt alles seinen Lauf.

– Pah, denkt Nai, eines Tages werde ich mit der allerschönsten Frau Hand in Hand gemeinsam den Rest des Weges gehen, und das kann dann dauern.

Und die Gedanken kommen und die Gedanken gehen.
Das ist so im Kopf.

Nai hat einen Hals, der sitzt exakt an der richtigen Stelle. Genau nämlich mittig auf den Schultern sitzt der Hals, und es ist kein kurzer Hals, und es ist kein langer Hals.
Es ist ein Hals, über den man gar nicht erst nachdenkt, weil er gerade und exakt an der richtigen Stelle richtig mittig sitzt und nichts Besonderes im Leben vorhat.

Über Hals und Kopf, ganz oben, dort, wo Nai aufhört, dort also, wo all das Andere anfängt, das Nai selbst nicht ist, dort ist abschließend das Haar da.

Und das Haar kräuselt sich, und es ist kein langes Haar, und es ist kein kurzes Haar.

– Ich kann schließlich nicht alles selbst sein, denkt Nai. Ich muss doch irgendwo aufhören, alles selbst zu sein. Und das mach ich am besten dort, wo abschließend mein Haar da ist.

Sieht Nai auf seine Füße, so sieht Nai zwei Füße, und die sind von gleicher Größe und von gleicher Gestalt und von gleicher Schönheit und von gleicher Schnelligkeit und von gleichem Nutzen.
Hierzu hat Nai keine Fragen.
Zwei Füße haben zehn Zehen gemeinsam, und diese zehn Zehen sind gerecht verteilt auf rechts und auf links eins zwei.

Und Nai weiß gar nicht so recht, wo rechts ist, und wo links ist. Aber Nai kann darauf vertrauen, egal, wo was ist, auf jeden Fall werden da fünf Zehen sein.

– Das ist außerordentlich beruhigend, denkt Nai, und darauf zu vertrauen ist auch eine Leistung.

Nai hat ein Bein auf jeder Seite. Beine für die Füße sind das, denn wie sonst kämen die Füße gemeinsam mit dem Kopf in Bewegung.
Das heißt, Nai würde es sehr seltsam und nicht sehr akzeptabel finden, würden die Füße gehen, wohin sie gehen wollen, während der Kopf an einem anderen Ort einsam verweilte.
Das hat Nai sich überlegt, und da ist kein Zweifel, und da ist keine Diskussion.

– Man kommt nicht umhin, es führt kein Weg daran vorbei, sehr geehrte Beine, pflegt Nai zu sagen, der Kopf bleibt bei den Füßen, da lass ich mich auf gar nichts anderes erst ein.

Ein Bein mag es sehr, ein sehr geehrtes Bein zu sein, das muss man wissen, und Nai weiß das zweimal.

– Wenn ich es recht bedenke, denkt Nai, so käme mir gerade jetzt eine prompte Abwechslung und eine Aufregung und ein Aufruhr sehr gelegen.

– Wenn die Arme nicht da wären, denkt Nai,

wenn die Arme nicht genau dort da wären, wo sie jetzt sind, na dann könnten die Hände auch nicht viel ausrichten.

Und Nai beschreibt Kreise mit den Armen in der Luft. Rechtsluftkreise und Linksluftkreise kann Nai gleichzeitig mit all seinen Armen eins zwei in der Luft drehen. Und weil der eine Arm in die eine Richtung, und der andere Arm in die andere Richtung dreht, so kommt es zur Verwirrung zwischen Armen und Kopf.

– Das wird schon werden, was ist denn schon dabei. Zweimal fünf Finger sind dabei, egal, wo nun rechts, oder wo dann links ist, fünf Finger sind auf jeden Fall rechts dabei und links dabei eins zwei, ruft Nai.

Nai möchte sich sehr gerne streiten.

Nai stellt sich das wunderbar vor. Der Streit würde damit beginnen, dass Nai die Nase rümpft, und Nai hat nur eine Nase zu rümpfen. Das ist also nicht anstrengend, und es geht ganz wie von selbst und sehr schnell. Und dann wären Nais Augen schmal, und Nai würde eine Ungeheuerlichkeit sagen. Und ist eine Ungeheuerlichkeit erst einmal gesagt, so ist der Streit ein großer, ein äußerst gemeiner Streit und sehr rasant obendrein.

Nai stellt sich das wunderbar vor.

– Wenn man Arme hat und Hände noch dazu, denkt Nai, dann ist die Versöhnung auch nicht mehr weit. Es gibt einiges Versöhnliches zu sagen, und das Versöhnliche ist dann sehr viel größer als jede große Ungeheuerlichkeit.

– Und dann ist gut Händereichen. Dann ist gut Schulterklopfen, ohne dass die Köpfe gleich her und hin und her rollen, denn das ist Sache des Halses, denkt Nai.

– Doch was ist Sache des Herzens, fragt Nai leise, und diese Frage stellt Nai oft leise, und es wird Nai warm und bang.

– Nun sollte jemand da sein, verdammt, denkt

Nai. Bei Fragen dieser Art möchte ich etwas sagen, so, dass etwas zurück gesagt wird und eine andere Stimme hat, verdammt.
Aber Fluchen hat noch nie geholfen, noch fast nie hat Fluchen geholfen. Nur ein einziges Mal hat Nai sehr geflucht, und da hat es ein wenig geholfen. Meistens jedoch hilft Fluchen nichts, verdammt.

Nun aber Halt.

Ohne Abenteuer kommt keiner lange aus. Und wenn man bedenkt, genau an dieser Stelle ist nun die Seite vierzehn erreicht, da muss doch endlich die Zeit gekommen sein, für ein sehr meisterhaftes Abenteuer.

– Ich fordere ein großes Durcheinander ohne Schießerei, ein wildes Handgemenge, ein obskures Stimmengewirr, jubelt Nai, so könnte ich es mir vorstellen.

Ein sehr meisterhaftes Abenteuer soll es sein, zu dem man großartiges Schuhwerk benötigt.

Einen soliden Lederschuh rechts, und einen ebenso soliden Lederschuh links. Von starkem Garn sind die Nähte gehalten, aus robustem Leder ist der Schaft, und eine Sohle rechts ist da, und eine Sohle links ist auch da. Für steile Hänge, für feuchtes Gras und Splittergestein, für Sanddüne und Moos. Für große Schritte und für kleine Schritte, für hohe Sprünge und den schnellen Lauf. Für das Anpirschen in aller Heimlichkeit, und am Ende, für die stolperfreie Flucht.

Ein Abenteuer muss wie folgt beschaffen sein. Erst passiert etwas, dann passiert gleich noch etwas und noch etwas, und alles das passt genau in einen gefährlichen Gedanken hinein. Und dann zieht man das solide Schuhwerk an.

– Ja, denkt Nai, so ist das, ich zieh mir besser jetzt gleich das solide Schuhwerk an.

Zwar ist etwas noch nicht passiert, und noch etwas und noch etwas ist auch noch nicht passiert, aber besser, Nai trägt bereits jetzt das solide

Schuhwerk, dann kann kommen, was immer wann immer es kommen will.

– Auwei, denkt Nai, eines ist von Anfang an gleich hier an Ort und Stelle mit dabei, genau hier, wo das sehr meisterhafte Abenteuer beginnt.

Und Nai meint damit die Nacht.
Nachts hat eigentlich niemand gerne Schuhe an, weder rechts am Fuß, noch links am Fuß. Des Nachts trägt man höchstens Strümpfe, und das erzählt man nicht jedem.
Nai jedoch trägt wacker Schuh über Strumpf des Nachts, und das ist im Grunde sehr unbequem, mit den Schuhen nachts im Bett bereit zu stehn. Aber wie sonst, als im aufrechten Stand, sollte Nai des Nachts dem sehr meisterhaften Abenteuer begegnen.
Da fragt man sich, und Nai fragt es sich auch, wann eigentlich fängt das Abenteuer endlich an, ein sehr meisterhaftes Abenteuer zu sein.

Gedanken kommen und Gedanken gehen. Das ist so im Kopf.

Im Stehen lässt es sich gut nachdenken.

– Nun ja, denkt Nai, etwas passiert, und noch etwas passiert und noch etwas, und dann ist es wohl besser, ein solides Schuhwerk an den Füßen bereits zu tragen. Nai holt tief Luft.

– Die Schleifen sind gebunden, ruft Nai aus, und er ruft es etwas zu laut aus, dafür, dass in diesem Moment Nacht ist.
Schließlich steht nicht jeder zu dieser fortgeschrittenen Stunde mit solidem Schuhwerk an den Füßen aufrecht im Bett. Nicht jeder erwartet das sehr meisterhafte Abenteuer gerade jetzt. Manche schlafen tief stattdessen.

– Auf wen oder was wartest du noch, fragt die Stimme, und sie ist eine sehr plötzliche Stimme, die ein wenig überall und ein wenig nirgendwo ist.

– Wen oder was höre ich denn da, fragt Nai.

– Es ist mitten in der Nacht und ich bin die Stimme, sagt die Stimme.

– Aha, sehr geehrte Stimme, sagt Nai, die Schleifen sind gebunden, da kannst du es sehen.

Es ist nicht gesagt, dass eine Stimme, die einfach so als Stimme zu hören ist, und die ein wenig überall und ein wenig nirgendwo ist, dass solch eine Stimme es sehen kann, wenn Nai ihr sagt, da kannst du es sehen.

– Ja, die Schleifen sind gebunden. Fürwahr, das kann ich sehen, sagt die Stimme.

Manche Stimmen können es sehen, wenn Nai sagt, da kannst du es sehen.

– Dann ist es perfekt, sagt Nai. Dann, sehr geehrte Stimme, weißt du, worum es geht. Es wird etwas passieren, und noch etwas wird passieren, und ich stehe hier des Nachts, und ich habe das solide Schuhwerk bereits an den Füßen, und die Schleifen rechts links sind gebunden. Es kann also losgehen, ab jetzt, und wann immer, und wie es will, ruft Nai.

– Das verstehe ich, sagt die Stimme, hierzu habe ich keine Fragen.

– Dann lass uns streiten, ruft Nai. Die Zeit vergeht im Nu, streitet man konzentriert und rasant.

Ein sehr meisterhaftes Abenteuer beginnt manchmal, ohne dass man es merkt. Da steht man noch, und man wartet, und man hat rechts links das solide Schuhwerk an den Füßen, und man vergisst derweil über Hügel zu klettern, und über nasses Gras zu laufen, und auf Sanddünen zu sitzen. Man macht nicht einmal kleine Schritte, weil man das sehr meisterhafte Abenteuer gar nicht bemerkt hat, obwohl es schon längst da ist.

– Du machst mir Spaß, sagt die Stimme.

– Dann ist alles gesagt, ruft Nai.

– Du wartest, und du wartest, das ist alles, was du tust, und warten ist nicht viel Tat, wenn man es genau betrachtet, sagt die Stimme.

– Du hast gut reden, zeig du mir mal dein solides Schuhwerk, sagt Nai.

Und Nai weiß nicht, ob dies nun schon ein rasanter Streit ist, oder lediglich ein Wortgerangel, dabei ist es längst ein sehr meisterhaftes Abenteuer.

– Eine Stimme, sehr geehrter Nai, eine Stimme meines Formates, die ein wenig überall und ein wenig nirgendwo ist, eine solche Stimme benötigt kein solides Schuhwerk zum Erzählen.

– Fluchen hat noch nie geholfen, noch fast nie hat Fluchen geholfen. Nur ein einziges Mal, und da hat es nur ein wenig geholfen. Meistens jedoch hilft Fluchen nichts, verdammt, sagt Nai.

Ein sehr meisterhaftes Abenteuer kann plötzlich und aus heiterem Himmel und erstaunlicherweise ganz anders da sein, als man es sich erwartet. Und so also steht Nai plötzlich, und im Rahmen des sehr meisterhaften Abenteuers, kniehoch im Fluss.

– Fernsein heißt Fremdsein, heißt Wogehtslang, heißt Angstundbang, singt Nai.

Nai hat die Schleifen sehr gut gebunden. Nai hat das solide Schuhwerk eins zwei sehr sprungbereit rechts links am Fuß, und das Abenteuer aber, das beginnt sehr unpassend kniehoch im Fluss.

Nai beeilt sich, das solide Schuhwerk eins zwei rechts links vom Fuß zu nehmen und es mit den Händen armhoch in die Luft zu halten. Das Wasser tropft vom Schuh eins zwei hinab und in den Fluss rechts links zurück. Das Leder ist nass, das tadellos vernähte Garn ist nass, der Schaft, die Sohlen eins zwei rechts links, alles ist nass, und nichts von alle dem, was Schuh heißt, ist trocken geblieben. Nai weiß nicht so recht, was er von diesem sehr meisterhaften Abenteuer nun denken soll, das kniehoch im Fluss auf solch plötzliche Weise seinen Anfang findet.

– Das Wasser ist keine sehr angenehme, kniehohe Überraschung, sagt Nai. Deutlich kälter ist das Wasser, als mein Fuß warm ist, und ich habe zwei Füße.

Ein sehr meisterhaftes Abenteuer will bestanden werden. Auch dann, wenn es sehr nass und sehr kalt und dabei auch noch kniehoch ist. Auch dann, wenn man sehr umsonst das solide Schuhwerk bereits an den Füßen trug. Nai weiß das jetzt, und so trägt Nai das solide Schuhwerk so hoch wie möglich über dem Wasserspiegel.

– Das kann nicht ewig so weitergehen, bei aller Höflichkeit, sehr geehrte Arme, ihr werdet lahm und taub, das fängt schon an, dort oben, in den Fingerspitzen. Solides, nasses Schuhwerk ist schwer zu tragen, und die Arme rechts links sind nicht dafür gemacht, bei Kniehöhe des Flusses die Rettung zu sein, sagt Nai, und man könnte meinen, es handle sich hierbei um eine Beschwerde.

Niemand kommt lange ohne Fakten aus. Auch das sehr meisterhafte Abenteuer nicht.

Fakten:
Es ist Fakt, dass der Fluss, in dem Nai momentan zu stehen gedenkt, dass dieser Fluss also zu einem Landstrich gehört, und dass dieser Landstrich am

Horizont in ein Haus mündet. Und dass der Fluss wiederum, in dem Nai momentan zu stehen gedenkt, für den Mann, dem das Haus gehört, der Horizont ist. Und so ist Nai am Horizont, und der Mann, dem das Haus gehört, ist auch am Horizont, je nachdem, wer derjenige ist, der von hier nach dort sieht.

Das ist so.

– Hier steht es sich keinesfalls gut, ruft Nai, und das Wasser tropft von den Schuhen eins zwei hinab, zurück in den Fluss rechts links, dorthin zurück, wo das Wasser herkam.

Auch ein Fakt ist das Fernglas, das der Mann, dem das Haus gehört, an seinem Fenster positioniert hat.
Das Fernglas steht dort, wo der Mann, dem das Haus gehört, das Fernglas gut brauchen kann. Der Mann also, dem das Haus gehört, ist auch der Mann, dem das Fernglas gehört, und er ist auch der Mann, dem der Landstrich gehört, und er ist auch der Mann, dem das Gewehr gehört.

Man könnte den Mann, dem das Haus gehört, auch der Mann, dem das Gewehr gehört nennen. Der Mann, dem das Haus gehört, ist jedoch der freundlichere Name.

– Das stimmt, sagt die Stimme.

– Das stimmt nun wirklich, bestätigt Nai.

– Komm da raus, sagt die Stimme. Du stehst im Fluss.

– Ich kann schließlich nicht alles selbst sein, sagt Nai. Gut, dass ich dort an oberster Stelle aufhöre, alles selbst zu sein, dort, wo das Haar ist. Und gut, dass ich dort an unterster Stelle auch aufhöre, alles selbst zu sein, dort, wo die Fußsohlen sind. Ich höre zweimal auf, alles selbst zu sein, und das schätze ich sehr, sagt Nai.

Und Nai verlässt den Fluss in Richtung Landstrich, der dem Mann, dem das Haus gehört, gehört. Der Mann, dem das Fernglas gehört, kann Nai gut erkennen. Der Mann, dem der Landstrich gehört, mag es nicht, Nai zu sehen, wie Nai eins zwei sich die Schleifen bindet rechts links, um dann im nassen, jedoch soliden Schuhwerk über Stock und Stein zu gehen, denn der Mann, dem der Landstrich gehört, ist gleichsam der Mann, dem Stock und Stein gehört.

– Dann werde ich wohl jetzt und an dieser Stelle wütend werden, sagt der Mann, dem das Gewehr gehört. Und weil der Mann, dem das Gewehr gehört, auch der Mann ist, dem das Haus gehört, weiß er ziemlich genau, wo in dem Haus er das Gewehr findet, und wo die acht Patronen versteckt sind. Das ist so.

– Ein Gewehr ohne acht Patronen gibt keinen Laut von sich, und acht Patronen ohne Gewehr geben auch keinen Laut von sich, das sollte man berücksichtigen, sagt der Mann, dem das Dachfenster gehört.

Das Dachfenster liegt strategisch optimal, denn der Mann, dem die Weitsichtbrille gehört, kann von hier aus gut und bequem bis zum Fluss schießen.

Das ist so.

Aber Nais Glück ist dort, wo auch Nai ist, denn der Mann, dem das Gewehr gehört, ist auch der Mann, dem die Büsche gehören.

Nai zieht es vor, sich in einem der Büsche zu verbergen und sehr still zu sein. Das hält Nai für den Moment davon ab, erschossen zu werden.

Der Mann, dem die Büsche gehören, ist auch der Mann, dem der Weinkeller gehört, und es wird dunkel, während Nai sich im Verborgenen hält und in besonderem Maße sehr still bleibt.

Der Mann, dem das Rotweinglas gehört, hat das Gewehr in den Schrank zurückgestellt.

– Komm da raus, sagt die Stimme. Du sitzt im Busch.

– Du hast gut reden, in drei Teufels Namen, ruft Nai aus, und Nai ist ein wenig erregt darüber, dass Nai sehr lange Zeit damit zubrachte, im Busch zu verharren.

Nai war außerordentlich still und stumm gewesen. Das ist nicht das Einfachste auf der ganzen Welt, wenn die Beine zappeln wollen, wenn die Arme durch die Luft wirbeln und wirbeln wollen, und wenn man immer ein Lied auf den Lippen hat, dann ist es nicht das Einfachste auf der ganzen Welt, außerordentlich still und stumm zu verharren.

– So still und so stumm wie ich es eben noch gewesen bin, hat dich noch niemals jemand gesehen, ruft Nai der Stimme zu. Und wer hätte schon davon gehört, dass eine Stimme, die einfach so als Stimme zu hören ist, und die ein wenig überall und ein wenig nirgendwo ist, dass solch eine Stimme erschossen wird. Du, sehr geehrte Stimme, du warst nicht ein einziges Mal in Gefahr. Du bist fein raus. Ich jedoch, bin mitten drin, und wie sollte mir die stolperfreie Flucht gelingen, wenn das solide Schuhwerk während des sehr meisterhaften Abenteuers schwer und nass ist. Und das derzeitige sehr meisterhafte Abenteuer, ich kann dir sagen, das will mir an den Kragen. Ich habe immerhin in den Lauf des Gewehres gesehen.

Ich konnte die acht Patronen zählen, die auf mich gerichtet waren, sagt Nai, und Nai übertreibt ein wenig, denn wer kann schon die Patronen zählen, vom Busch aus.

Und dann sind Nais Augen schmal, und Nai sagt eine Ungeheuerlichkeit.
Und ist eine Ungeheuerlichkeit erst einmal gesagt, so ist der Streit ein großer, ein gemeiner Streit, und er ist auch sehr rasant.

– Du kannst hier gar nicht mitreden, du Stimme, du, sagt Nai diese Ungeheuerlichkeit geradeheraus.

Und dann wird Nai sich noch wundern. Denn die Stimme überschlägt sich, und das war noch nie ein gutes Zeichen.

– Eine Stimme meines Formates, ruft die Stimme aus, während sie sich sehr überschlägt, und das konnte sie schon als Kinderstimme, sich prachtvoll überschlagen.

– Eine Stimme meines Formates lässt sich nicht

den Mund verbieten. Hör mich an, hör mir genau zu. Von wegen nicht mitreden können, sagt die Stimme, und Nai weiß, dass Nai sich noch wundern wird ab sofort.

Das ist so.

– Ich habe dieses sehr meisterhafte Abenteuer nicht sonderlich kommentiert, sagt die Stimme. Ich habe mich in meiner Funktion als Stimme, die ein wenig überall und ein wenig nirgendwo ist, ehrenhaft und bescheiden zurückgehalten. Eine Stimme meines Formates jedoch, die übernimmt ohne mit der Wimper zu zucken das Erzählen des gesamten sehr meisterhaften Abenteuers ganz allein, wenn sie das will. Von wegen, ich und nicht mitreden können, sagt die Stimme.

Und die Stimme ist nun ein wenig weniger nirgendwo. Nai weiß genau, dass Nai sich ab sofort gehörig wundern wird. Und Nai fragt sich im Flüsterton, auf dass die Stimme es nicht hören möge, ob dies wohl ein rasanter Streit inmitten eines sehr meisterhaften Abenteuers ist, und alles einfach nur bestanden werden will.

Nai sieht sich ein wenig vor, mit dem, was Nai aus dem Mund hinauslässt, und Nai ist sehr froh darüber, in diesem Moment nur einen einzigen Mund zu haben, auf den es zu achten gilt.

– Hätte man eine wilde Bande vieler eigener Münder zu beaufsichtigen, so würde man schnell die Welt nicht mehr verstehen, vor lauter Trubel, denkt Nai.

Und die Gedanken kommen und die Gedanken gehen. Das ist so im Kopf.
Genau bis hierhin ist das so.

Und dann nimmt alles eine Wendung, und nichts ist, wie es war, und nichts bleibt, wie es sein wird.

– Nai ist übrigens ein Junge, sagt die Stimme gut hörbar für alle, und sie sagt es in ihrem übergeordneten Erzählton.

Eine Stimme, die ein wenig überall und ein wenig nirgendwo ist, eine solche allwissende Stimme kann schließlich erzählen, was sie erzählen will.

– Um genau zu sein, sagt die Stimme, ist der Junge Nai nicht nur ein Junge Nai, sondern ein sehr kleiner Junge Nai. Man kann mit Fug und Recht behaupten, dass der Junge Nai für sein Alter um ein Vielfaches zu klein ist. Und das ist nicht das Einfachste auf der ganzen Welt. Da muss man sich gegen sehr viel verwehren, und oft steht man auf den Zehenspitzen, man streckt sich vergeblich, das ist nicht immer gut für die innere Haltung und den äußeren Schein, sagt die Stimme.

Nais Größe betrifft auch Nais Beine, die nicht sehr lang sind. Gemessen an anderen Beinen gleichen Alters, sind Nais Beine rechts links sehr kurz eins zwei. Nais Nase indes ist groß, das ja. Eigentlich ist Nais Nase nicht größer, als andere große Nasen gleichen Alters groß sind. Gemessen aber am Gesamtnai, der sehr klein ist, ist Nais Nase sehr groß.

Das alles erzählt die Stimme, und Nai derweil trägt das solide Schuhwerk an den Füßen. Rechts links ist es eins zwei bereits getrocknet, nach all der Zeit, die nun verstrichen ist, innerhalb des sehr meisterhaften Abenteuers mit rasantem Streit, seit also die Stimme anfing, übergeordnet zu erzählen.

Und eine Stimme dieses Formates kann schließlich erzählen, was und wie lange sie erzählen will, allwissend, wie sie nun einmal ist.

Dem um ein Vielfaches zu kleinen Jungen Nai fällt die stolperfreie Flucht im soliden Schuhwerk nicht sehr schwer.

– Kleinsein heißt Flinksein, heißt Zackundweg, heißt Nochmalgutgegangen, erzählt die Stimme, nun milder gestimmt.

– Der Mann, dem Stock und Stein gehört, ist übrigens auch der Mann, dem das Bett gehört, und es ist Nacht ringsum.
Nai geht und geht, und Nai sieht sich nicht um, und Nai geht weiter, erzählt die Stimme.

– Nai lässt den Fluss hinter sich, Nai lässt den Landstrich hinter sich, und Nai geht und geht

und geht, und Nai lässt währenddessen vieles, auch Unerwähntes, hinter sich.
Ein sehr meisterhaftes Abenteuer will bestanden werden, und es ist geradewegs absehbar, weshalb das solide Schuhwerk einen maßgeblichen Teil dazu beiträgt. Denn Nai geht und geht, und Nai geht, bis Nai eins zwei die Füße schmerzen würden, wäre da rechts links nicht dieses unfehlbare, solide Schuhwerk. So viel ist sicher, so viel ist gewiss, erzählt die Stimme.

– Nai geht und geht, und Nai sieht sich nicht um, das ist von Vorteil. Weder von sehr weit oben nach sehr weit unten, noch von hier nach zurück sollte man blicken, um die Angst, die allen innewohnt, nicht herauszufordern, erzählt die Stimme.

– Da sagst du was, das sagst du so, verdammt, ruft Nai. Du bist ein wenig überall und ein wenig nirgendwo, du hast hier gut reden und bist fein raus. Es ist Nacht, ich habe eins zwei sehr viel zu kurze Beine mit dabei, und das ist nicht das Einfachste auf der ganzen Welt, sagt Nai.

Und Nai setzt sich an den Rand, der im Dunkeln liegt, wie auch der Weg im Dunkeln liegt und auch der Himmel und auch das Feld liegen im Dunkeln und auch alles andere, was Nai selbst nicht ist, liegt im Dunkeln, und Nai selbst, man muss es sich eingestehen, auch Nai selbst liegt im Dunkeln.

Das ist so.

Und weil Nai ein Auge gut brauchen kann, hat Nai zwei Augen, die jedoch genauso wie alles andere im Dunkeln liegen, und im Dunkeln funktionieren aber Augen nicht sonderlich gut. Nur ein wenig kann man sehen, wenn die Augen im Dunkeln liegen. Und ist dies der Fall, so sieht die Ahnung den Rest. Und Nais Ahnung sieht da etwas, das im Dunkeln liegt und vier Beine zur Verfügung hat. Das sind exakt zwei Beine mehr, als Nai an seinem Körper zählt.

Das ist so.

Hierzu hat niemand Fragen.

– Gut, dass man im Dunkeln nicht so genau erkennen kann, wer da zwei Beine mehr hat, sagt Nai leise.

– Ich könnte die Ahnung vielleicht überreden, nur zwei Beine zu erahnen, so würde ich bei genauerem Nachzählen nicht ins Hintertreffen geraten, was die Anzahl der Beine anbelangt, sagt Nai leise.

– Wer hier wie viele Beine hat, sagt die Stimme, das entscheide immer noch ich, sehr geehrter Nai, sehr geehrte Ahnung. Da gibt es kein Vertun, bestimmt die Stimme, und sie klingt sehr unmissverständlich.

Nai hat hierzu keine Fragen.

– Ich kam bis zum heutigen Tage stets gut mit Hunden aus, sagt Nai. Hunde haben vier Beine, das stimmt, aber im Dunkeln betrachtet, funkeln die Zähne nicht, denn das Maul bleibt zu. Das siehst du bestimmt auch so, sehr geehrte, mir zugeneigte Stimme, sagt Nai außerordentlich freundlich und auch bedacht, und auch sehr schlau.

– Soso, ein freundlicher Hund im Dunkeln, und das Maul bleibt zu, kein funkelnder Zahn, inmitten des sehr meisterhaften Abenteuers. So also, willst du es haben, lacht die Stimme, und es ist ein Lachen, das sich ein wenig überschlägt. Ein Hohn ist in dem Lachen, und eine Schadenfreude ist zu hören.

Und dann erzählt die Stimme, wie es sich verhält, mit dem Verlauf des sehr meisterhaften Abenteuers.

Der Hund, zum Glück und zum Wohle aller Beteiligten, ist tatsächlich keine Gift speiende, vierbeinige Bestie mit Schlund und Feuerblick, die dort im Dunkeln lauert und zwei Beine mehr am Leibe hat, als Nai im Moment Beine dort im Dunkeln zur Verfügung stehen. Der Hund ist vielmehr ein Mischling kleinen Wuchses und sehr wohlwollend und sehr schlicht im Gemüt. Er wedelt immerfort, und das ist Ausdruck der Freude. Und der Hund freut sich grundsätzlich über alles.

Liegt der Hund jedoch im Dunkeln, so wedelt er nicht.

Und nun kommt ein Verhängnis. Die Rute des Hundes nämlich, die ist ebenso lang, wie die Beine des Hundes lang sind. Und die Rute des Hundes ist im Dunkeln gelegen. Und so erahnt Nais Ahnung sehr deutlich im Dunkeln liegend etwas, das nicht nur vier Beine, sondern vielmehr fünf Beine am Leibe hat. Und das sind exakt drei Beine mehr, als Nai für den Moment zur Verfügung stehen, in dem auch das sehr meisterhafte Abenteuer im Dunkeln liegt.

– Von wegen Hund, von wegen kleiner, braver Hund. Wer hat denn heutzutage fünf Beine und ist dann einfach nur ein braver Hund. Mit fünf Beinen am lang ausgestreckten Körper im Dunkeln ist man doch wenigstens ein Untier, wenn nicht noch etwas sehr viel Fürchterlicheres, ruft Nai aus.

Und ist eine Ahnung dieser Art erst einmal ausgerufen, so ist die Vernunft machtlos, so ist es nicht der kühle Kopf, noch der klare Gedanke, die bewahrt werden können.

– Sehr geehrter kühler Kopf, sehr geehrter klarer Gedanke, gegen diese Ahnung kommen wir nicht an, bemerkt Nai am Rande und im Dunkeln.

Nai lehnt sich zurück, und dann ist plötzlich die Idee da. Manchmal tut man nichts, und man dreht und man wendet nichts im Kopf, und man sitzt einfach nur herum, man sieht sich um, man ruht sich aus, man summt derweil, oder man baumelt mit den Armen in allumfassender Nutzlosigkeit, und plötzlich ist eine Idee da.

– Es ist ziemlich sicher, sagt Nai zur Vernunft und zum kühlen Kopf und zum klaren Gedanken, es ist ziemlich sicher, dass morgen früh bei Sonnenaufgang ein wenig mehr Licht hier sein wird, und noch ein wenig mehr Licht, und dann noch ein wenig mehr, bis es der helle Tag ist, und wo das sehr meisterhafte Abenteuer eben noch im Dunkeln lag, spukt gar nichts mehr, sagt Nai.

Das kann die Vernunft bestätigen, und auch der kühle Kopf und auch der klare Gedanke sind in diesem Punkt gleicher Meinung. Niemand hat hierzu Fragen.

– Dann liegt gar nichts mehr im Dunkeln, und wir werden sehr genau und ganz ohne schlechte Ahnung alle Tatsachen besehen. Ob Hund, ob Untier, wir werden es dann wissen, wir müssen einfach nur warten, und der Gefahr, oder der Überhauptkeinegefahr bei Tageslicht ins Auge sehen, sagt Nai.

Es ist Sache der Geduld, ab jetzt auszuharren, bis der Tag dort beginnt, wo eben noch das sehr meisterhafte Abenteuer im Dunkeln lag. Und es ist Sache des Halses, den Kopf mittig und richtig an Ort und Stelle zu halten. Und es ist Sache des soliden Schuhwerks, eine stolperfreie Flucht zu gewährleisten.

– Aber was ist Sache des Herzens, fragt Nai sehr leise, und diese Frage stellt Nai oft sehr leise, und es wird Nai warm und bang.

– Nun ist es jedoch so, erzählt die Stimme laut und deutlich, und gut hörbar für alle, nun ist es so, dass wir nicht alle Zeit der Welt haben. Die Welt hat sehr viel Zeit, das muss man sich ein anderes

Mal im ganzen Ausmaß vorstellen. Wir jedoch, wir haben nicht alle Zeit der Welt, erzählt die Stimme.
Ob Untier hier, ob Hundevieh dort, warten ist nicht viel Tat. Und wenn man es genau betrachtet, könnte ja jeder hierherkommen und dort warten, wo alles im Dunkeln liegt, einfach warten, ob der Hund ein Untier, ob das Untier ein Hund ist. Nein, das sehr meisterhafte Abenteuer hat schließlich auch nicht alle Zeit der Welt. Das sehr meisterhafte Abenteuer will bestanden werden, im Laufschritt mit Gesang und bei aller Liebe, jetzt aber zackzack.

– Sag mal, Stimme, wie eigentlich verhält es sich mit anderen, vergleichbaren, sehr meisterhaften Abenteuern, wenn diese Frage an dieser Stelle gestattet ist, fragt Nai.
Und Nai geht derweil wacker voran im Dunkeln und Schritt für Schritt rechts links, denn Nai hat den soeben gefassten Plan doch fluchs verworfen, warten ist nicht viel Tat, doch Weitergehen bringt alles voran.

– Ob Hund, ob Untier, Halali, die Schleifen sind gebunden, und weiter muss ich, ich muss fort, ich muss so fort, ich bin sehr auf der Reise, subito, singt Nai, gut hörbar und für alle.

– Andere sehr meisterhafte Abenteuer haben eine Menge zu bieten. Sie sind einmal so, und ein anderes Mal sehr anders. Es gibt sehr meisterhafte Abenteuer mit Knusperhäuschen, oder mit grünen Diamanten. Manchmal hängen ganze Frauen an Regenschirmen in der Luft, manchmal auch werden Finger verschickt, zu verstehen als eine Drohung innerhalb eines sehr meisterhaften Abenteuers im Ausland. Zumeist gilt es, für das Gute einzustehen, Schande und Schmach abzuwenden, oder aber dem Tod zu entkommen, nachdem man ihm ins Auge gesehen hat, sagt die Stimme verzückt, und sie ist ein wenig ins Schwärmen geraten. Himmel, da ist was los, da wird dir was geboten, manchmal, ruft die Stimme aus.

– Manchmal, sagt Nai, und Nai sagt es kurz und knapp, und wenn Nai etwas kurz und knapp einfach so sagt, ohne viele und lange Wörter zu gebrauchen, dann ist Nai so kurz und so knapp zumute, dass Nai erst gar keine vielen und langen Wörter einfallen wollen. Vergnügungsreiseleitung, Freundschaftsdienstleistungsunternehmen, oder Vollmondnachtschichtwechsel, das sind drei von den vielen und langen Wörtern, die Nai erst gar nicht einfallen wollen, so kurz und so knapp ist Nai zumute.

– So kurz und so knapp habe ich mich selten gefühlt, sagt Nai.

– Die Stimme kann das gut verstehen. Nai ist nicht gerade erfreut darüber, erzählt die Stimme, dass nun ausgerechnet Nais sehr meisterhaftes Abenteuer nicht das irrwitzigste aller meisterhaften Abenteuer ist.

– Ich kann doch aus dieser Notlage heraus nicht einfach einen Finger verschicken, oder eine ganze Frau an einem Regenschirm in die Luft hängen, sagt Nai. Und auf einen grünen Diamanten habe ich zu diesem Zeitpunkt just gar keine Lust.

Grün ist Nais Lieblingsfarbe nicht. Hierzu gibt es keine Fragen.

– Fernsein heißt Fremdsein, heißt Wogehtslang, heißt Angstundbang, singt Nai die traurige Melodie.

Und Nai geht, und Nai geht, und Nai hört nicht auf zu gehen, rechts links eins zwei geht Nai über sieben Brücken, und die Wut rechts links geht mit, und die Wehmut eins zwei geht auch mit. Und dann ist sehr sachte die nächste Morgendämmerung da. Und des Weiteren tauchen Zugschienen dort auf, wo Nai geht und geht. Zugschienen glitzern unter der aufgehenden Sonne erst ein wenig, doch dann wird das Glitzern heller, wie auch das Sonnenlicht heller wird. So steht alles im Verhältnis, so hängt alles mit allem zusammen.

Das ist so.

Nai denkt hierüber nicht nach. Nai balanciert viel lieber mit dem soliden Schuhwerk rechts links an den Füßen eins zwei auf den Schienen entlang.

– Irgendwo kommen Zugschienen immer an dem einen oder an dem anderen Bahnhof vorüber, sagt Nai.

– So kann man das durchaus sagen, das mit den Schienen, und das mit dem Bahnhof, sagt die Stimme.

Dort, wo Schienen sind, liegt sicher auch der eine oder der andere Bahnhof auf der Strecke.

– Es wird ein Wüstenbahnhof sein, sagt Nai. Außer Sand ist weit und breit nichts zu sehen. Und die Schienen, das kann ich bestätigen, die Schienen glitzern sehr hell, weil die Sonne sehr hell scheint. So hängt alles mit allem zusammen, verdammt, sagt Nai.

Aber Fluchen hat noch nie geholfen, noch fast nie hat Fluchen geholfen.

– Bei solch heller Sonne, und bei so viel Sand ringsum, bei solcher Hitze, die dort ein Flimmern verursacht, wo Nai geht und geht, ohne sich umzusehen, wäre ein Schluck Orangensaft ein Labsal. Da wollte das sehr meisterhafte Abenteuer eben noch kniehoch im Fluss bestanden werden, und nun ist Staub und Sand und Gluthitze dort zu bezwingen, wo es eben noch kühl und nass war, und alles im Dunkeln lag, erzählt die Stimme.

Das ist so.

– Im Bahnhofsgebäude, sehr geehrte Gluthitze, da gibt es einen kleinen Laden, dort stehen die Regale voll günstiger und gekühlter Getränke, sagt Nai. Dort werde ich drei Orangensäfte mit Strohhalm trinken, und hernach werde ich mich an eine der vier Bahnhofsgebäudesäulen lehnen, um auf den Zug zu warten, sagt Nai.

– Die Beine verschränkt, und die Arme verschränkt, so stehe ich und lehne mich an, jubelt Nai.

Und Nai ist nicht mehr sehr kurz und sehr knapp zumute, denn Bahnhofsgebäudesäulen ist eines der vielen und langen Wörter, die Nai gar nicht erst einfallen würden, wäre Nai immer noch sehr kurz und sehr knapp zumute in diesem Moment.

Nai lehnt abwechselnd, mal hierhin und mal dorthin, und Nai hat beim Lehnen die Beine und die Arme verschränkt.

So lehnt es sich gut, bis ein Zug dann Einzug hält. Nai lehnt und lehnt.

– Zu Wasser und in der Luft wäre die Reise nicht nach meinem Geschmack, denkt Nai.
Wie schön also, hier zu lehnen und zu lehnen.

– Mit solch viel zu kurzen Beinen durch das Leben zu gehen, das ist nicht das Einfachste auf der ganzen Welt. Nais Beine, die für deren Alter um ein Vielfaches zu kurz sind, stellen keine Hilfe dar, geht es darum, sehr große Schritte zu tun. Aber alles hat vielleicht auch bald seine gute Seite, erzählt die Stimme sanft.

Hätte nämlich Nai um ein Vielfaches längere Beine, so würde sich Nai nicht bequem auf der Zugbank im leeren Zugabteil ausstrecken können.

Und Nai streckt sich aus in seiner vollen, nicht sehr langen Länge, nachdem Nai eben noch an einer der Bahnhofsgebäudesäulen lehnte.

– Das waren Zeiten, als ich lehnte und lehnte, herrje, sagt Nai. Nun strecke ich mich gemächlich aus, auf der gesamten Zugbank. Das ist höchster Komfort dank meiner um ein Vielfaches zu kurzen Komfortbeine.

Streckt man sich auf eine solch komfortable Weise aus, so ist sehr bald der Schlaf am Wirken.

– Kleinsein heißt Flinksein, heißt Zugundweg, heißt Nochmalgutgegangen, singt Nai sehr leise, als sei jemand mit ihm im Abteil, der nicht gestört werden will.

Nai könnte beruhigt die Stimme erheben, denn niemand ist in dem Zug zu sehen, wo Nai komfortabel auf der Zugbank liegt und sich gemächlich ausstreckt. Niemand kann Nai hören.

Nai, so kann man es sagen, ohne Nai Unrecht zu

tun, Nai befindet sich sehr kurz vor dem großen und dem ganzen Schlaf. Und jeder singt gern ein wenig. Gerade dann, wenn man sich in komfortabler Körperhaltung befindet und sanft ist und wohl gestimmt, weil der Schlaf sich an die Gedanken schmiegt, weich und gar nicht ungestüm.

– Kleinsein heißt Komfortbein, heißt Träumfein, heißt Allesgutgegangen, singt Nai.

Doch wo Nai eben noch leise ein wenig weitersingen wollte, bleiben die Wörter nun in Nais Kopf zurück. Nai summt deshalb eine Melodie ganz ohne Wörter, und dann summt Nai eine Melodie ganz ohne Melodie, und dann bleibt nur mehr ein einzelner Ton für einen kurzen Augenblick zu hören, c´est la vie.

Das ist so.

Da denkt man nun, man führe im Schlaf von A nach B, doch ehe man es sich versieht, geht die Reise dummer Weise von A nach P.

Es ist ein sehr meisterhaftes Abenteuer, das dort da ist, wo Nai in diesem Moment in den großen und in den ganzen Schlaf gefallen ist.

– Nai also reist von A nach P. Und P, das ist eine verschüttete Stadt, eine zutiefst verschüttete Stadt. Vom Vulkan einst zerstaubt und verworfen, begraben unter der Asche, ausgesetzt dem trockenen Atem der Jahrhunderte, erzählt die Stimme im hohen Ton der archäologischen Getragenheit.

Und die Gedanken kommen und die Gedanken gehen. Das ist so im Kopf.

Gegen eine profunde Erschöpfung hilft ausschließlich der große und der ganze Schlaf. Und der gelingt Nai besonders komfortabel, denn Nai hat eins zwei sehr kurze Komfortbeine rechts links dabei, exakt und gesamt und ausgestreckt auf der Zugbank also, findet Nai bequem seinen Platz. Auf das solide Schuhwerk ist auch im Schlaf Verlass, hierzu hat niemand Fragen.

Nach vielen Stunden der Ruhe und der Erholung

öffnet Nai nun ausgeschlafen die Augen und siehe da.

– Von A nach P also bin ich geraten im Schlaf. Huch, könnte ich rufen, denn P ist eine Stadt, deren Namen ich auf dem Schild dort gar gut lesen könnte, könnte ich gar gut lesen, ruft Nai aus. Dann wüsste ich, dass P nicht B ist, und umgekehrt verhält es sich ebenso. Jedoch, was will man machen, verdammt.

Nai kann sich nicht beschweren, auf das solide Schuhwerk ist Verlass. Auch, während Nai schlendert. Auch, während Nai über Stein geht und über Feld. Auch, während Nai auf betoniertem Wege geht, oder auf Sand. Und auch, ist es eine Wonne im soliden Schuhwerk etwas zu verharren, aus dem soliden Stand heraus mal hierhin und mal dorthin zu blicken. Auch im Verharren an Ort und Stelle ist also auf das solide Schuhwerk Verlass. Und aus dem soliden Stand heraus lässt es sich gut umherblicken und nachdenken.

– Da bin ich wohl direkt nach P geraten, im Schlaf, denkt Nai.

– Nai steht und blickt und rundum, das kann man wohl so sagen, ist die Stadt P zu besichtigen. Das neue P ist eine Stadt auf Grund und Boden, wie es viele Städte gibt. Das uralte P hingegen ist eine Stadt weit unter Grund und Boden, wie es selten Städte gibt. Das neue P muss nicht erst ausgegraben werden, das uralte P indes, benötigt vielerlei Zuwendung, erzählt die Stimme.

Nai hat kein Werkzeug dabei. Nai hat nichts dabei, außer dem soliden Schuhwerk. Der Orangensaft ist längst getrunken. Nai hat auch keinen Proviant dabei. Einen Pinsel könnte Nai nun gut gebrauchen und auch eine kleine Schaufel und auch eine große Schaufel und auch eine Taschenlampe. Dann könnte Nai systematisch vorgehen und das alte P freilegen.

– Das hat man nun davon, da lehnte man eben noch abwechselnd an der einen und an der anderen und an der anderen und an der anderen Bahnhofsgebäudesäule, und einen Komfortschlaf später bereits steht man ohne Werkzeug in P, sagt Nai.

Nai grämt sich ein wenig, kein Werkzeug zur Hand zu haben, um das sehr meisterhafte Abenteuer in P voran zu treiben. Und ein wenig bestürzt ist Nai obendrein, denn alles nimmt immer wieder prompt eine Wendung, und nichts ist, wie es war, und nichts bleibt, wie es sein wird.

– Wer wollte nicht den Pinsel zücken, wer wollte nicht den Hammer schwingen, um die Staub umwobne Stadt ans Licht zu bringen, das reimt Nai, und wenn Nai reimt, dann ist es Nai nicht sehr wohl zumute, sondern sonderbar.

Das sonderbare Gefühl, das Nai nun während des sehr meisterhaften Abenteuers in sich trägt, das dreht ein wenig am Magen, und es drückt ein wenig den Hals zu, und es nimmt Nai rechts, und es nimmt Nai links ein wenig Kraft aus den Knien eins zwei.

– Fernsein heißt Fremdsein, heißt Wogehtslang, heißt Angstundbang, singt Nai, und der Mut ist ausgerechnet jetzt nirgendwo auszumachen.

– Fernsein heißt Gernsein, heißt Hiergehtslang, heißt Sturmunddrang, singt Nai gut hörbar, des Mutes wegen.

– Ich kann das nicht mehr ertragen, immer singst du diese scheußlichen Lieder, sie sind Gift für meine schönsten Ohren, Gift, hörst du, sagt die allerschönste Frau.

– Ich wusste nicht, dass du mir zuhörst, sagt Nai.

– Das sagst du immer an dieser Stelle, und dann singst du diese schrecklichen Lieder.

Wenn die allerschönste Frau plötzlich dort erscheint, wo Nai eben noch in dem sehr meisterhaften Abenteuer ganz auf sich selbst gestellt war, so ist es nicht das Einfachste auf der ganzen Welt, den kühlen Kopf zu bewahren. Dann nämlich, bei unerwartetem Erscheinen der allerschönsten Frau, ist eine Wallung ersten Grades zu bemerken, und auch eine Verwirrung im Blick des Wanderers, ein Zögern, eine Verlangsamung des Denkens, und eine Beschleunigung des Blutes gleichsam.

– Alles gerät außer sich, nichts bleibt, wie es ist, und was, verdammt, ist nun Sache des Herzens, sagt die Stimme, und sie ist ein wenig in Rage.

– Aber Fluchen hat noch nie geholfen, noch fast nie hat Fluchen geholfen, sagt die allerschönste Frau zu der Stimme.

– Nur ein einziges Mal habe ich verdammt geflucht und da hat es ein wenig geholfen, sagt Nai zu der allerschönsten Frau.

– Meistens aber, hilft Fluchen nichts, verdammt, sagt die allerschönste Frau.

– Dann lass uns den Rest des Weges gemeinsam gehen, und das kann dauern, sagt Nai.

Allerschönste Schönheit ist auch eine Frage des Hinsehens. Sieht Nai zu der allerschönsten Frau hin, so kommt Nai nicht daran vorbei, alles, was er sieht, am allerschönsten zu finden.

Die Stimme ist nicht sehr froh darüber, die

allerschönste Frau an Nais Seite zu wissen. Auch, weil die Stimme nicht nur eine übergeordnete, eine allwissende Stimme, sondern vielmehr, weil die Stimme eine weibliche Stimme ist. Weibliche Stimmen haben generell Schwierigkeiten mit allerschönsten Frauen.

Nai währenddessen, scheint alles andere vergessen zu haben, auch P und auch das sehr meisterhafte Abenteuer.

– Wer wollte nicht den Pinsel zücken, wer wollte nicht den Hammer schwingen, um die Staub umwobne Stadt ans Licht zu bringen, ruft die Stimme für alle gut hörbar und zur Erinnerung.

– Nicht jetzt, verdammt, sagt die allerschönste Frau.

– Im Moment, wie du es wohl gut sehen kannst, sehr geehrte Stimme, gehen wir Hand in Hand den Rest des Weges gemeinsam, und das kann dauern. Da ist ein Hammerschwingen nun wirklich keine sehr gute Idee. Hand in Hand den Rest des Weges zu gehen, ist übrigens auch ein sehr meisterhaftes Abenteuer, sagt Nai, und er fühlt sich bescheiden und ehrfürchtig gegenüber all der Schönheit, die Nai sieht, sieht er zu der allerschönsten Frau.

– Staub umwobne Stadt, wie das schon klingt, sagt die allerschönste Frau, und sie schüttelt den Kopf, auf dass selbst die kleinsten Locken sprühen und fliegen und wippen und springen mögen, in goldener Farbe und in gelber Pracht. Hell leuchtet der Schopf der allerschönsten Frau, das muss selbst die Stimme nun neidvoll eingestehen.

– Wenn wir schon den Rest des Weges Hand in Hand gemeinsam gehen, sagt die allerschönste Frau, so gib mir doch gleich mal dein solides Schuhwerk her, mein Naichen.

Gemeinsam den Rest des Weges zu gehen, das kann dauern. Da ist man gut beraten, ein solides Schuhwerk an den Füßen zu tragen. Das weiß Nai. Das weiß auch die allerschönste Frau. Nun sind also insgesamt vier Füße zu bestücken.

Die allerschönste Frau geht momentan auf zartesten Fußsohlen aus feinster Haut. Nai kann ihre Zehen zählen, von eins bis zehn.
Vier Füße zu bestücken mit nur zwei soliden Schuhwerkschuhen, das ist eine Frage der Höflichkeit und eine Kunst des Verzichts.

– Und es ist Sache des Herzens obendrein, denkt Nai, und Nai schickt sich an, der allerschönsten Frau das solide Schuhwerk rechts links sehr höflich zu überreichen.
Die Schleifen jedoch sind gebunden, und die Schleifen sind gut gebunden, es ist nicht das Einfachste auf der ganzen Welt, die Schleifen rechts links zu lösen. Das braucht seine Zeit, auch dann, wenn das sehr meisterhafte Abenteuer nicht alle Zeit der Welt dort zur Verfügung stellt, wo Nai versucht, die Schleifen zu lösen.

– Ich bin es leid, auf das solide Schuhwerk zu warten, und ich bin es leid, immer im Superlativ zu sein, das solltest du wissen, sagt die allerschönste Frau. Sie sagt es sehr leise, Nai jedoch kann es gut hören.

Und nun denkt Nai nach.

– Das ist die verzweifeltste Verzweiflung, die mir je ans Herz ging, sagt Nai.

– Ich wusste, du würdest mich nicht verstehen. Ich fühlte mich niemals zuvor unverstandener, sagt die allerschönste Frau. Ich bin doch hier kein dummstes Dummerchen.

– Nai dreht sich und Nai wendet sich. Da ist ein Unwohlsein, wo eben noch kein Zweifel war, singt Nai sehr leise.

– Es ist wegen der Liebe, und es ist ein freier Wille, dass du mir jetzt und sofort das solide Schuhwerk überlässt, für den Rest des Weges und darüber hinaus, sagt die allerschönste Frau.

– Und Nai dreht sich, und Nai wendet sich, und Nai rechts links denkt nach eins zwei. Das solide Schuhwerk an den eigenen Füßen betrachtend denkt Nai nach und nein, denkt er, nein.

– Das solide Schuhwerk, sehr geehrteste, allerschönste Frau, das werde ich am besten für mich selbst behalten, sagt Nai. Du darfst dir stattdessen die wunderschönste Perlenkette aller Perlenketten wünschen.

– Eine Kette edelster Anmut, eng anliegend am schlanksten Hals, einzeln verknotet die Perlen, rosa ihr Schimmern und Glitzern, jede von höchstem, von allerhöchstem Wert, sagt die allerschönste Frau, und sie ist ins Schwärmen geraten, und für diesen Augenblick des Schwärmens und der Superlative hat die allerschönste Frau alles rundum kurzum vergessen.

– Auch das solideste Schuhwerk aller Zeiten hat nun keine Bedeutung mehr, erzählt die Stimme.

– Allerschönste Schönheit ist auch eine Frage des Hinsehens. Sieht man immer nur dorthin, wo die Schönheit sich im besten Lichte zeigt, und nichts als die Schönheit, und immer nur allerschönste Schönheit zu sehen ist, so sieht man nichts als Perlenketten. Und dann gerät alles aus den Fugen, und das richtige Maß ist dahin, erzählt die Stimme.

Und die Stimme kommt nicht umhin, sich die Hände zu reiben, angesichts der Tatsache, dass Nai sich des Allerbesten besann, und das solideste solide Schuhwerk für sich behielt.

– Allerschönste Schönheit hin oder her, ruft die Stimme aus, was zählt, das sind treue Begleiter aus robustem Leder, und von starkem Garn sind die Nähte gehalten. So kann es weitergehen und weiter und immer weiter. Da soll doch die allerschönste Schöne schön dort bleiben, wo die Perlen wachsen, ruft die Stimme.

Solange Nai nicht zu der allerschönsten Frau hinsieht, weiß Nai sehr präzise, was die Stunde geschlagen hat.

Die allerschönste Frau währenddessen, hält die Arme hinter dem Rücken verschränkt. Sie wiegt ein wenig den allerschönsten Körper sehr sanft von rechts nach links nach rechts nach links im Stehen, und sie sieht derweil zu Boden. Wenn allerschönste Frauen auf diese Weise harmlos herumstehen und herumsehen, und Nai sein solides Schuhwerk besser für sich selbst behält, dann ist dies eine prekäre Situation, und somit nicht das Einfachste auf der ganzen Welt.

– Hör zu, Naichen, was ich dir zu sagen habe, um es dir ein wenig schmackhaft zu machen. Ich könnte ab sofort für dich, und in deinem sehr meisterhaften Abenteuer die allerschönste Bereicherung sein. Durch mich würdest du zum wahren Helden aufsteigen, in diesem momentan eher lausigen sehr meisterhaften Abenteuer.
Stell es dir vor. Ich im allerschönsten, zerrissenen Kleid, geknebelt und gefesselt, in der Gewalt des mächtigsten Ungestüms aller Zeiten, sagt die allerschönste Frau. Der Tatbestand meiner Entführung wäre in aller Munde, man würde einen Kinofilm darüber drehen, man würde uns auf Bettwäsche und Kakaotassen drucken, es gäbe uns in Miniatur aus Gummi gegossen, handbemalt und mit Gelenken versehen. Vielleicht würden wir in wassergefüllten Kugelschreibern auf- und abfahren. Du würdest der Held sein, Du würdest

das Ungestüm besiegen, du würdest mir das Leben retten, sagt die allerschönste Frau.

Die Stimme muss es eingestehen. Die allerschönste Frau weiß, wie man Nai ins Schwanken bringt. Und die allerschönste Frau erfindet entzückend entzückendste Worte.

– Ein Ungestüm, sehr geehrte, allerschönste Frau, ein Ungestüm, das gibt es nicht, sagt die Stimme berichtigend.

– Ein Ungestüm, das ist ein äußerst wildes Geheuer. Und außerdem, sehr geehrte Stimme, wie sehen Sie denn überhaupt aus, verdammt. Halten Sie sich am allerbesten mal ganz schnell raus, ab jetzt, weil ich und Nai gemeinsam den Rest des Weges gehen, Hand in Hand und unbeschwert, ruft die allerschönste Frau aus.

Nais Schleifen sind gebunden. Nai dreht sich, und Nai wendet sich, und Nai denkt nach.

– Da ist ein Unwohlsein, wo eben noch kein

Zweifel war, singt Nai, und die Stimme singt als zweite Stimme leise mit. Die allerschönste Frau jedoch, sie singt keinen Ton. Die allerschönste Frau summt nicht einmal.

Und wenn allerschönste Frauen nicht einmal mehr summen, dann haben sie wohl verstanden, dass aus dem Rest des Weges, den man eben noch gemeinsam gehen wollte, Hand in Hand und unbeschwert, dass aus diesem Rest des Weges wohl nichts werden wird. Und dann nämlich summen allerschönste Frauen nicht. Dann nämlich macht sich der Unmut breit, und die Misere liegt den allerschönsten Frauen so schwer auf der Laune, dass sogar die Schönheit darunter leidet.

– Die allerschönste Frau weiß, was die Stunde geschlagen hat, und gerade die allerschönste Frau hat nicht alle Zeit der Welt, erzählt vergnügt die Stimme.

– Nun gut, sagt die allerschönste Frau, die Uhr tickt, das solide Schuhwerk befindet sich eins zwei rechts links nicht gerade an meinen Füßen, und auch ein Ungestüm ist weder weit noch breit in Sicht. Stets wollte ich Entführte sein. Wollte, dass mein Brustkorb sich eilig senken und heben würde, dass ich bebte vor Angst, und im letzten Drittel des Filmes spektakulär gerettet würde. Mit wehendem Haar ginge ich dem Finale entgegen, im weißen Kleid, umjubelt. Prachtvoll stünde ich im Licht. Aber ach, weder eine große und erhabene Gefahr, noch ein großer und erhabener Retter sind in Sicht. Man muss auch loslassen können, sagt die allerschönste Frau zu guter Letzt, und sie sagt es auch zu sich selbst, und sie ist ein wenig erstaunt darüber, dass sie sagte, was sie sagte.

Nai springt behände auf das Pferd ohne Namen. Weil das Pferd ohne Namen so plötzlich dort erschienen ist, wo Nai ein Pferd gut brauchen kann, hat das Pferd ohne Namen noch keinen Namen. Niemand kann plötzlich erscheinen und davon ausgehen, sofort einen Namen zu haben. Auch ein Pferd kann das nicht.

Das ist so.

– Gegenwind und Raserei, ruft Nai, du allerschönste Frau, du siehst mich nun den Staub aufwirbeln und fortan von hinten, ruft Nai, und Nai ruft es von dem Pferd ohne Namen herunter, auf die allerschönste Frau ruft Nai es herab.

Das Pferd ohne Namen ist ein sehr schnelles Pferd ohne Namen. Über Nais rechte Schulter ruft Nai ein kosendes Grußwort noch nach hinten aus, doch weiß Nai nun präzise, worauf es wirklich ankommt, Nai sieht die allerschönste Frau nicht an.
Nai sieht besser nach vorne, wo alles das kommt, was noch nicht da war.

Die allerschönste Frau ist nun eine verlassene allerschönste Frau, und zurückbleiben ist auch nicht das Einfachste auf der ganzen Welt. Da wäre es von Vorteil, sähe auch die allerschönste Frau nach vorne, wo alles das kommt, was noch nicht da war.

Am Horizont wirbelt das Pferd ohne Namen viel Staub auf, und das kann man mit Fug und Recht behaupten, im gestreckten Galopp ist gut Staubaufwirbeln.

– Die Schleifen sind gebunden, der Sattelgurt ist nachgezogen, ruft Nai, und er ruft es laut, denn der gestreckte Galopp schluckt Worte. Um genau zu sein, schluckt der gestreckte Galopp jedes zweite Wort, und das wirft Fragen auf.

– Die sind der ist, was soll mir das bedeuten, denkt die allerschönste Frau, und sie bleibt zurück als derzeit Verlassene, allerschönste Verlassene.

Und die Gedanken kommen und die Gedanken gehen. Das ist so im Kopf.

Die allerschönste, verlassenste Frau sieht Nai nicht sehr lange nach. Die allerschönste Frau wendet sich lieber sehr bald schon ab und anderen Welten zu. Die allerschönste Frau stellt sich erst ein wenig in die Sonne, dann jedoch sucht die allerschönste Frau einen besonders gut aussehenden Schatten auf, es ist der Schatten einer edel aufgeschossenen Palme, ein sehr herrschaftlicher Schatten also, der allerschönsten Frau nur angemessen in Schönheit und Grazie, und es ist fraglos die Palme des Prinzen, der dort zu erwarten ist, wo die allerschönste

Frau bereits bereit steht, um ihren unwiderstehlichsten Augenaufschlag anzuwenden.

Oder aber, es ist die Palme des Schurken, auch das wäre möglich. Der Schurke könnte ein sehr schöner, wenn nicht sogar der allerschönste Schurke sein. Ein sehr kräftiger Schurke mit wohlgeformtem Oberarm, beidseitig, und sehr geraden, sehr langen Beinen, beidseitig.

– Prinz ist mir derzeit lieber, sagt die allerschönste Frau in aller Ehrlichkeit, und ein wenig unbescheiden.

Und die allerschönste Frau sieht das goldbesticktteste Geschmeide und den reichgedecktesten Tisch rechts links vor ihren innersten Augen eins zwei.

– Welch Prunk, welch erhabener Anblick, sehr geehrte Phantasie. Und einzeln verknotet werden die Perlen sein, rosa ihr Schimmern, jede Perle von höchstem, von allerhöchstem Wert, und zur Zierde meines allerschönsten schmalen Halses, jawollo, jubelt die allerschönste Frau.

Und die Gedanken kommen und die Gedanken gehen. Das ist so im Kopf.

Nun aber Halt.

– So ist das nicht im Entferntesten akzeptabel, ruft Nai. Ich sitze hier, und ich reite und reite, und der Sattelgurt ist nachgezogen, und die Schleifen sind gebunden, und das Pferd ohne Namen wirbelt Staub auf im gestreckten Galopp. Hier bei mir ist das sehr meisterhafte Abenteuer, jedoch ist die Rede von stupidem Prinzenkram und Perlenzeug. Nicht mit mir, sehr geehrte Damen, sehr geehrter Verlauf der Dinge, ruft Nai aus.

Und Nai hat Recht. Das muss sich die Stimme, die ein wenig überall und ein wenig nirgendwo ist, eingestehen.

– Da habe ich mich im Fluss des Erzählens tatsächlich ein wenig ablenken lassen. Ich bin abgekommen, nun gut, aber ich habe es nicht so mit meinen vergangenen Missetaten, also, Schwamm drüber, sagt die Stimme laut und deutlich, und für jeden gut hörbar.

Auch die Stimme sieht nun nach vorne, genau dorthin nämlich, wo alles das kommt, was noch nicht da war.

– Wenn du, sehr geehrte Stimme, mit deinen vergangenen Missetaten nicht gut zurecht kommst, sagt Nai laut aus dem gestreckten Galopp heraus, so wird es allerhöchste Zeit, es zu üben, du bist nicht mehr die Jüngste, ruft Nai, und er ruft es laut, denn der gestreckte Galopp schluckt das eine und das andere Wort. Um genau zu sein, schluckt der gestreckte Galopp jedes zweite Wort, und das wirft Fragen auf.

– Wenn sehr Stimme, deinen Missetaten gut kommst wird aller Zeit, zu, du nicht die, wiederholt die Stimme, was von Nais Gesagtem übrig blieb, und eine Botschaft ist dem nicht zu entnehmen, und die Kommaführung ist auch nicht mehr die Richtigste.

Nun aber Halt.

Die Gedanken kommen und die Gedanken gehen. Das ist so im Kopf.

Das Pferd ohne Namen schätzte den gestreckten Galopp Zeit seines Lebens sehr. Aber zu viel ist zu viel, das muss bedacht sein. Ein kleiner Ausritt in allen Ehren, aber nach so viel Gestrecktem und so viel Galopp, legt sich das Pferd ohne Namen nun wortlos und direkt aus dem plötzlichen Stand heraus leblos zu Boden.

– Der Tod, sagt Nai, der Tod ist ein heikles Thema, und auch, wenn dies nicht aller Tage Abend ist, und auch, wenn niemand weiß, was kommen wird, was von uns geht, wer wir bleiben werden und wo, ob hell, ob dunkel, dieses Pferd hatte ein langes Leben, und so taufe ich es auf den Namen das Pferd, das nie einen Namen gehabt hatte, sagt Nai, und Nai sagt es in feierlichem, förmlichem Ton. Ein wenig Trauer ist da zu hören, ein wenig Furcht auch, vor dem Unbekannten, ein wenig Ärgernis obendrein, denn im gestreckten Galopp voranzupreschen, ohne selbst die Beine bewegen zu müssen, das ist überaus bequem und Kraft sparend. Den Ausblick nicht zu vergessen, den Nai auf dem Rücken des Pferdes, das nie einen Namen gehabt hatte, gehabt hatte.

– So gehen die Freunde dahin, so geht dahin, auf wen oder was man sich eben noch verließ, und verlassen wird man allemal, wir alle mal ruft Nai. Nun muss ich weitergehen, auf eigene Beine gestellt, so ist sie, die Welt, so ist der Lauf der Dinge. Eins zwei und Schritt für Schritt rechts links geht das Ende mit, im soliden Schuhwerk, sagt Nai, und alles erscheint Nai sehr würdevoll, und alles hängt immer mit allem zusammen.

Der Tod ist fürwahr ein heikles Thema und niemand stellt hierzu gerne Fragen, denn Heikles ist besser im Ruhezustand zu belassen, zu viele Fragen würden Antworten heraufbeschwören, oder aber unbeantwortet bleiben. Wo käme man da hin.

– Sehr geehrter Nai, sehr geehrte Unachtsamkeit, nur, weil das Pferd, das nie einen Namen gehabt hatte, für eine kurze Weile zu Boden geht, heißt das noch lange nicht, dass es unbedingt der Tod ist, der das Tier ereilte, sagt die Stimme im richtigen Moment. Es gilt, den Pulsschlag zu ertasten, es gilt, das versehrte Tier in die stabile Seitenlage zu bringen, es gilt, den Kopf zu stützen, das Herz zu horchen, den Kreislauf zu stabilisieren, sagt die Stimme.

– Nach so viel Gestrecktem und so viel Galopp, da kann man ruhig ein wenig zu Boden gehen, ohne gleich in Ewigkeit und Amen zu verenden, sagt das Pferd ohne Namen, das noch lange nicht das Pferd, das nie einen Namen gehabt hatte, ist.

Hiermit wird Nai eines Besseren belehrt.

– Da sah ich deine Knochen bereits im Sande verwehen, Schande, Schande, ruft Nai aus, so voreilig also sollte man den Toten nicht verlassen, derweil er noch Patient ist, jubelt Nai. Dann kann es von hier aus und von mir aus in alter Freundschaft weitergehen, denn eines ist gewiss, alle Zeit der Welt haben wir nicht. Der Sattelgurt ist nachgezogen, die Schleifen sind gebunden, nun aber Hott und Halali, jubelt Nai.

Das Pferd ohne Namen indes, erhebt sich langsam in den Stand, es schüttelt kraftvoll die Mähne, und Sandkorn über Sandkorn wirbelt durch die

Luft. Das Pferd ohne Namen legt die Ohren flach an den Schädel an, so sieht das Pferd ohne Namen aus, als sei es das Pferd ohne Lust, dazu passend auch das nervöse Schnauben, und das Scharren mit dem Huf im Sand.

Ohne Drohgebärde, das muss man wissen, kommt keiner lange aus.

– Nun, dann werd ich wohl allein den Rest des Weges gehen, und das kann dauern, links rechts eins zwei, sagt Nai, und Nai wendet dem Pferd ohne Lust den Rücken zu, und Nai geht, wenngleich es nicht der gestreckte Galopp ist, dennoch sehr schnell seines Weges.

Und das kann dauern.

Aber Halt.

Dies wäre nicht Nais sehr meisterhaftes Abenteuer, stünde nicht ab jetzt irgendwann, irgendwo, irgendetwas sehr Unvorhergesehenes bevor.

Das ist so.

Naizwei zum Beispiel, ist sehr unvorhergesehen, und Nai ist angesichts Naizweis sehr erschüttert. Diese Erschütterung ist groß, und sie steht Nai ins Gesicht geschrieben. Selbst Naizwei, der stets sorglos ist, und lieber das Beste, als das Schlechteste denkt, selbst Naizwei kann die Erschütterung in Nais Gesicht nicht übersehen.

Jemandem zu begegnen, der im Grunde gleichbedeutend ist, mit dem, was man selbst ist, das kann einigen Tumult aus dem eigenen Inneren heraufbeschwören. Es ist nicht das Einfachste auf der ganzen Welt, in diesen Momenten des Unvorhergesehenen und der Erschütterung einen wohlwollenden Überblick zu bewahren. Nai weiß das, und Naizwei weiß das ebenso, und alles hängt mit allem zusammen, das kommt erschwerend noch hinzu.

Eifersucht und Befremden, und die böse Zunge tun sich schneller zusammen, als man denken kann, und schnell versteht man dann die eigene Welt nicht mehr, und die Welt der anderen noch weniger, angesichts der Tatsache, dass man jemandem gegenübersteht, der im Grunde gleichbedeutend ist, mit dem, was man selbst ist.

Da gerät die Einzigartigkeit außer Rand und Band. Und so steht man sich also gegenüber, als Nai und Naizwei, und keiner weiß, was auf der Tagesordnung des sehr meisterhaften Abenteuers steht, von dem es schließlich nur eines gibt.

– Ich möchte es auf einen Vergleich ankommen lassen, du Blödmann, sagt Nai.

– Auch ich möchte es auf einen Vergleich ankommen lassen, du Auchblödmann, sagt Naizwei.

Niemand hat hierzu Fragen.

– Zeig her, eins zwei dein solides Schuhwerk, ruft Nai aus, und Nai ruft es laut aus, die Stimme kann es deutlich mit anhören.

– Hier sollst du es sehen rechts links, die Schleifen sind gebunden, ruft Naizwei.

Und wahrlich.

Naizwei trägt solides Schuhwerk an den Füßen, das, jedem Zweifel erhaben, ein vergleichbar besonders solides Schuhwerk ist. Nai hat keine andere Wahl, als es zu sehen, wie es zu sehen ist.

– Wäre ich doch nur mit der allerschönsten Frau und Hand in Hand den Rest des Weges gemeinsam gegangen. Das hätte gedauert, und auf den Abwegen der Liebe und der Ausschweifung wäre Naizwei nicht von Nöten gewesen, in einem sehr meisterhaften Abenteuer, das mein sehr meisterhaftes Abenteuer ist und bleiben soll, sagt Nai.

– Nun reiß Dich am Riemen, sehr geehrter Nai, ich bin ein sehr geehrter Naizwei, eine freundliche Persönlichkeit, und ganz ohne bösen Willen. Und mit der allerschönsten Frau muss man ebenso geteilt durch zwei den Rest des Weges gehen, und das kann dauern. Wo ist sie denn eigentlich, die Beste, fragt Naizwei sehr ungeniert.

Nun ist es an der Zeit für einen Monolog. Nai und

Naizwei machen es sich bequem, denn ein Monolog ist nicht das Flinkste auf der ganzen Welt. Ein Monolog erstreckt sich möglicherweise über ganze Seiten, ohne dass man ihm ins Wort fallen könnte.

– Wir haben es uns bequem gemacht, sehr geehrter Monolog, sagt Nai, und Nai sagt es für Naizwei gleich mit.

–Sehr geehrter Nai, sehr geehrter Naizwei, sehr geehrte Einzigartigkeit, sagt der Monolog, und er ist ein thematisch strukturierter Monolog höflichster Natur. Man kann nicht davon ausgehen, dass sich die Welt nur für einen selbst dreht, dass der Tag nur für einen selbst beginnt, dass die Wege nur für einen selbst sich kreuzen. Man kann nicht davon ausgehen, dass ein sehr meisterhaftes Abenteuer ein exklusives sehr meisterhaftes Abenteuer ist. Alles rundum ist teilbar und gleichsam nur ein Teil eines Teils eines Ganzen, das jedem Einzelnen von uns nicht vorstellbar ist, dennoch, sollte es uns überhaupt zustehen, jedem Einzelnen von uns zu gleichen Teilen zusteht.

Als Monolog darf ich ausholen, und ich darf auch etwas komplexer und komplizierter werden. Wichtig ist, dass alle bequem sitzen, und dass ich mich nicht hetzen muss, sagt der Monolog, und er ist die Ruhe selbst, und er holt den langen Atem. Wenn wir uns umsehen auf dem Planeten, den wir bewohnen, so treffen wir stets auf Artgenossen, auf das eine oder auf das andere Abbild also unserer selbst. Das ist nicht das Einfachste auf der ganzen Welt, sich immer wieder wieder zu erkennen. Da steht, oder sitzt, oder liegt dann plötzlich jemand dort da, wo eben noch das Wunschbild war, und dieser jemand sagt uns ins Gesicht, dass man selbst sehr anders ist, als man es zu sein sich erzählt. Und während man bemerkt, dass jemand, der im Grunde gleichbedeutend ist, mit dem, was man selbst ist, im soliden Schuhwerk und im sehr meisterhaften Abenteuer genauso gut da steht, wie man selbst gut da steht, so gerät man in den Zweifel. Damit ist Nai nicht allein auf der ganzen Welt. Nai zweifelt und Naizwei zweifelt. Und von Naidrei ist nicht einmal die Rede, und Naizwölf bleibt ebenso unerwähnt. Alles stellt sich anders und danach wiederum anders dar, als es ist und als es war. Das kommt erschwerend hinzu. Es liegt am Auge des Betrachters, dass jeden Moment sich alles wandelt und wieder wandelt, in jedem nächsten Moment. Worauf also sollte Verlass sein, das ist hier eine der vielen möglichen Fragen. Und so bleibt alles rundum vage. Mit Sicherheit jedoch, kann man sagen, dass sich in uns allen Wesenszüge gleichen, dass wir alle von den gleichen Fragen getrieben den Weg durch das sehr meisterhafte Abenteuer gehen, egal, ob Hand in Hand, ob im soliden Schuhwerk, oder allein, ob tapfer, oder beseelt von Albernheiten. Wir alle gleichen uns, ohne die Selben zu sein, und wir alle kratzen und spucken zuweilen und wir begegnen den anderen eher feindselig gestimmt und auf Wettbewerb bedacht. Das liegt in der Natur der Sache, das ist so. Wir alle denken, wir seien die Einzigartigkeit in einer einzigen Person. Und steht dann jemand vor uns, unvorhergesehen und gleichbedeutend, so sind wir in unseren Grundfesten erschüttert, und also bleibt uns nichts anderes zu tun, als zu kratzen und zu spucken und im eifrigen Wettbewerb feindselig gestimmt zu sein.

Die Größten sind wir nur, solange niemand nachmisst, und ich danke für die Aufmerksamkeit, und verbleibe hochachtungsvoll, schließt der Monolog.

– Inzwischen regnet es, ein plötzlicher Platzregen der aus dem Himmel herausplatzt, als wäre er die Naturkatastrophe höchst persönlich, sagt die Stimme, die ein wenig überall und ein wenig nirgendwo ist, um das Thema zu wechseln.

– Es gibt den Wetterbericht für die kommenden zehn Tage. Hier könnte man sehen, dass es nicht aufhören wird zu platzregnen. Das ist also ein trister Moment im Verlauf des sehr meisterhaften Abenteuers, und man muss sich fragen, ob die verregneten Tage andere verregnete Tage wären, wüsste man nicht, dass noch mehr davon bevorstehen, sagt die Stimme.

Auch das ist eine Frage vieler möglicher Fragen.

Der Monolog hätte hierzu einige Thesen aufzustellen, allgemeingültig und als Gesprächsgrundlage sicherlich von Bedeutung, der Monolog jedoch, zieht es vor, an dieser Stelle innerer Monolog zu sein, und davon hört man nichts, so weit das Auge reicht.

– Einersein heißt Glückallein, heißt Königsein, heißt Allesmein, singt Nai, und Naizwei stimmt ein, das Lied laut mit zu singen.

Von Naidrei ist nichts zu hören, und auch Naizwölf bleibt stumm und unerwähnt.

Nun aber Halt.

Kein sehr meisterhaftes Abenteuer kommt ohne Ende aus.

Das ist so.

Und es regnet und regnet und regnet derart, dass ein frohes Gemüt nur schwer der Schwermut standhalten kann, denn eine dauerhaft verhangene Sonne ist nicht das Freudvollste auf der ganzen Welt.
Niemand hat hierzu Fragen.

– Bei Regen kommt es mir entgegen, dass ich dort aufhöre alles selbst zu sein, dort, wo das Haar da ist, an oberster Stelle, sagt Nai, und Naizwei weiß, was Nai meint, mit dem was Nai sagt.

– Man kann schließlich nicht alles selbst sein, und genau dort, wo ich aufhöre, nass zu werden, wird all das andere nass, das ich nicht bin, sagt Naizwei.

– Besser hätte auch ich es nicht sagen können, sagt Nai, und Nai klopft Naizwei auf die Schulter, in Anerkennung und Eintracht.

– Ich stelle mir ein sehr pompöses Ende vor, sagt die Stimme. So könnte man darüber hinwegsehen, dass das sehr meisterhafte Abenteuer so abenteuerlich und meisterhaft nun auch nicht war. Ein Ende, als wäre das sehr meisterhafte Abenteuer eine sehr meisterhafte Olympiade der Heldentaten gewesen. Ein großes Hallo und Auf Wiedersehen in der festlich illuminierten Arena soll das Ende sein. Messerwerfer aus aller Welt speien ewiges Feuer, ein Trommelwirbel jagt den nächsten, unvorstellbar viele Kosaken tanzen die

Masurka im Eskimopelz mit Federschmuck auf dem Kopf, um den olympischen Gedanken fortzuführen. Es dampft die größte Paella der Welt am Rande des Geschehens, und überall erklingen die internationalsten Melodien, welch ein Finale, welch ein Fest, sagt die Stimme.

– Das Ende, sehr geehrte Erkenntnis, sollte jeder für sich selbst ausmachen, entgegnet der Monolog, ohne dies großartig auszuschmücken.

Und Nai weiß es, und Naizwei weiß es, und obwohl von Naidrei nicht die Rede ist, und auch Naizwölf keine Erwähnung findet, wissen sie es, und auch die Stimme weiß es, und auch das Pferd ohne Lust, und auch die allerschönste Frau, und auch der Mann, dem Haus und Hof und Stock und Stein gehört, alle wissen es. Dies war der Abspann.

– Ich kann schließlich nicht alles selbst sein, sagt Nai zu Naizwei, und zu guter Letzt.

– Das ist sehr freundlich von dir, und es ist auf diese Weise sehr schön gesagt, sagt Naizwei.

– Ein Schulterschluss zur rechten Zeit ist sehr erbaulich, sagt die Stimme. Ich ernenne diesen Tag zum Feiertag. Ein Schulterschluss der Gleichgesinnten ist Grund zum Feiern, und ein Feiertag ist auch Grund zum Feiern.

Und die Gedanken kommen, und die Gedanken gehen. Das ist so im Kopf.
Und Nai ist müde. Und Müdigkeit kommt und geht im Rhythmus von Tag und Nacht. Aber manchmal kommt die Müdigkeit auf Grund der Strecke, die man zurücklegte. Solides Schuhwerk ist schwer anzuheben, bei Müdigkeit. Das weiß Nai rechts links bereits seit Stunden eins zwei.

Der Fänger weiß das auch. Am Ende eines sehr meisterhaften Abenteuers ist das solide Schuhwerk rechts links stets außerordentlich besonders schwer. Eben dann, und erst dann, gilt es, das große Netz durch die Luft zu werfen, es sodann gezielt niedergehen zu lassen, auf dass Nai sich müde in den Maschen verfangen möge.

Das Fangen ist nicht das Einfachste auf der

ganzen Welt. Wer Fänger sein will, der muss stets den Blick für den richtigen Moment dort dabei haben, wo auch das Netz ist. Will man als Fänger den Ruhm und die Ehre, will man als Fänger das Lob ernten, will man gefeiert und gefürchtet sein, so muss man einige Leistung erbringen. Ein guter Fänger braucht den unbewegten Gesichtsausdruck, das kalte Auge, zweimal, die kühle Berechnung und eine ruhige Hand. Außerdem braucht der Fänger eine Auswahl an Netzen. Kleine, große, schwere, leichte, getarnte, wasserfeste, höhentaugliche und hitzeresistente Netze, und ein Geländefahrzeug mit vier Rädern und viel Antrieb noch dazu. Des Weiteren muss ein Fänger Verlockung bei sich tragen, Bananen, Speck, oder kühle Getränke. Auch muss ein Fänger wissen, wie man wahlweise aus dem heiteren Himmel, oder aus dem Nichts kommt. Manche sagen, man muss als Fänger geboren sein, überraschend und schnell.

Der Fänger ist nicht von Grund auf ein böswilliger Kopfgeldjäger. Er jagt im Grunde das Geld viel lieber, als die Köpfe. Jedoch ist das nicht von Belang, ist man Nai und ist man also als Nai dem

Fänger ins Netz gegangen, der nun mit Nais Kopf das Geld zu jagen gedenkt. Nai ist es nicht wohl bei dem Gedanken, ins Netz gegangen zu sein. Nai mag diese Begebenheit und diese sich daraus ergebende Beengtheit nicht, und auch ist es Nai nicht lieb, dass Naizwei nicht im Innern des Netzes mitgefangen ist, vielmehr in Freiheit seines Weges geht, vergnügt und ohne Gruß und ohne Stellungnahme.

Der innere Monolog denkt sich seinen Teil zu den Themen Verteilung des Glücks und Verrat und Missgunst und Neid.

– So habe ich hier nicht gewettet, hierfür habe ich mir nicht die Schleifen gebunden, sehr geehrte Unfreiheit, so finde ich mich nicht zurecht, und so fühle ich mich überhaupt nicht froh. Nun sag doch auch mal was, du, mein Überall, du, mein Nirgendwo, ruft Nai die Stimme an.

– Alle sollten eine Rettung haben. Auch Stimmen sollten eine haben, und auch Nai sollte eine haben. Nais Rettung hält das sehr meisterhafte Abenteuer nicht für ein sehr meisterhaftes Abenteuer, vielmehr für einen schlechten Traum. Deshalb wird Nai sehr geschüttelt von der Rettung. Und die Rettung schüttelt Nai und sie schüttelt, wie eine Rettung nur schütteln kann.

Das ist so.

Und schüttelt eine Rettung erst einmal sehr fest, so ist kein Fänger mehr dort am Ausüben seiner hauptberuflichen Tätigkeit, wo er eben noch ausübte, und so ist das sehr meisterhafte Abenteuer bestanden.

– Wie dem auch sei, sagt die Stimme abkürzend, und sie sagt es liebevoll, als wäre nun am Ende alles so gut, wie es nur gut sein kann, weil alles immer nur gut sein kann, schüttelt eine Rettung so fest, wie sie nur schütteln kann.

Und weil Nai ein Auge gut brauchen kann, hat Nai zwei Augen, und Nai öffnet die Augen, und immer dann, wenn Nai die Augen öffnet, ist alles vorbei eins zwei, was eben noch rechts links die Handlung war.

– Du hast schon wieder fest geschüttelt, sagt Nai zur Rettung. Und welcher Kopf rollt schon gerne her und hin und her auf den Schultern. Das tut kein Kopf freiwillig und kein Kopf tut das gerne. Um genau zu sein, rollen Köpfe auf Schultern niemals, und das ist Sache des Halses, da kann man schütteln, wie man will.

– Doch was ist Sache des Herzens, sagt Nai zur Rettung, und Nai sagt es leise.

– Du hast im Schlaf schon wieder aufrecht im Bett gestanden, du hast jämmerlich gewimmert und schauerlich gefleht, sagt die Rettung. Manche schlafen währenddessen, und sie sind überdies nicht daran interessiert, ob deine Schleifen gebunden sind, mitten in der Nacht, mein Lieb.

– Ja, sagt Nai, das kann wohl sein. Und Nai bleibt still, und Nai wartet stumm, dass sich die Tür hinter der Rettung schließt, die nun nichts mehr auszurichten hat, jetzt, hier, wo es nichts mehr zu retten und zu schütteln gilt.

– Fernsein heißt Gernsein, heißt Hiergehtslang, heißt Sturmunddrang, singt Nai, doch niemand singt mit ihm, nicht einmal eine zweite Stimme stimmt ein.

Nun aber Halt.

Ohne Abenteuer kommt keiner lange aus.

Die Schleifen, das weiß nun wirklich jeder, die Schleifen sind längst gebunden. Das ist so eins zwei. So fängt es auch an. Immer wieder.

Mit herzlichem Dank an Michael Zimmermann

ISBN 978-3-940086-44-0

Lektorat: Petra Wägenbaur, Tübingen.
Umschlaggestaltung, Layout und Satz:
Christiane Hemmerich Konzeption und Gestaltung, Tübingen.
Herstellung: Horst Schmid, Mössingen.
Druck und Einband: Pustet, Regensburg.

Mehr über das Verlagsprogramm von Klöpfer & Meyer
finden Sie unter: www.kloepfer-meyer.de